아름다운 인생의 교향곡

# 아름다운 인생의 교향곡

2025년 11월 1일 초판 1쇄 인쇄 발행

**지은이**   조선윤
**펴낸이**   박종래
**펴낸곳**   도서출판 명성서림

**등록번호**   301-2014-013
**주소**   04625 서울시 중구 필동로 6 (2, 3층)
**대표전화**   02)2277-2800
**팩스**   02)2277-8945
**이메일**   msprint8944@naver.com

**값** 10,000원
**ISBN** 979-11-7439-051-6

# 아름다운 인생의 교향곡

## 조선윤 제 11시집

도서출판 명성서림

# 시인의 말

삶은 하나의 선율로 완결되지 않습니다. 수많은 순간의 음들이 겹치고 어긋나며 때로는 불협화음을 이루다가도 끝내 하나의 교향곡으로 귀결됩니다. 지금 남긴 이 시들은 그 여정 속에서 들려온 작은 메아리이며, 존재가 스스로를 증명하려 남긴 흔적입니다. 삶의 의미는 정답이 아니라 흐름 속에서 발견됩니다. 누군가 이 노래를 따라 걸으며 자신만의 울림을 찾을 수 있다면, 그것이야말로 시가 완성되는 순간일 것입니다.

삶이란 긴 강을 따라 흘러와 어느덧 희수라 부르는 물가에 닿았습니다. 지난날의 기쁨과 슬픔, 이별과 기다림, 그리고 다시 피어난 사랑들이 세월의 강물 속에서 다만 조용히 시를 쓰며 살아온 날들은 결국 일흔일곱 번의 봄

과 가을을 지나 한 잔의 차처럼, 천천히 눈 내리던 아침도, 매화 피던 저녁도 차의 향이 사라져도 여운은 오래 남듯 제 시도 독자의 마음속에서 그렇게 남기를 바랍니다.

이제는 더 바라기보다 감사로 머무를 때라 생각되어 묶었습니다. 걸어온 길은 길었으나 돌이켜보니 한순간 같고, 피고 지는 꽃들과 바람, 그리고 그 사이의 눈물이 모두 시가 되어 제 곁을 지켜 주었습니다. 이제 독자의 밤하늘에서 조용히 반짝이기를 바랍니다. 삶의 긴 호흡 끝에서 다시 시작되는 노래가 되기를 바라며, 이 시집을 올립니다.

2025년 아름다운 가을날 세월에 기대어
예당 조선윤

# 1

## 어머니

# 2

## 봄비 오는 날

# 3

## 통일은 문학으로

# 4

## 사색의 창

# 5

## 고요한 봄은 늦게 온다

# 제1부

어머니

# 어머니

어머니는 늘 말씀 하셨네. 길이 아니면 가지 마라. 자식이 엇길로 나가면 그런 철학으로 이끌며 바람 같은 세월을 건너셨지. 그땐 뜻을 어렴풋이 짐작했지만 지금에 와서야 알겠네. 정도의 길을 걸어올 수 있었던 건 그 말씀 뼈마디마다 새겨졌기 때문이란 걸, 이제야 비로소 그 가르침의 깊이를 헤아리네. 살을 지나 영혼까지 젖어드는 한없는 사랑의 길이었음을 살아보니 알겠네. 세상길 고운 꽃길만은 아니라는 걸, 때론, 고난이 손짓하면 바람은 옳은 방향을 속삭이지 않았지. 그럴 때마다 어머니의 말씀이 등 뒤에서 나를 잡아끌었네.

그건 길이 아니다. 가더라도 돌아올 줄 알아야 한다. 그 말씀은 법보다 엄하고 사랑보다 따뜻하여 걸음마다 그림자처럼 따라붙었지. 사람들은 말하지, 무엇이 옳은지 어떻게 아느냐고 나는 대답하네. 어머니의 말씀이 나의 나침반이었다고...그 길 끝에 서서 이제야 고개를 들어 하늘을 보네. 바르게 산다는 것이 얼마나 눈물겹도록 아름다운 일인지를, 문득 그 목소리가 그립네. 바람결에 실려 오는 그 한마디가 내 생을 지켜준 등불이었음을.

# 백 년의 메아리

동트기 전 찬 이슬 속에
그의 숨결이 머문다
역사의 어둠을 뚫고 새긴
의로운 총성 꺼지지 않는 등불

한 줌 재로 사라져도
그 뜻은 산맥을 타고 흐르고
한 자루 붓끝에 담긴 맹세는
천년을 두고도 지워지지 않으리

봄이 와도 바람이 불어도
그 이름은 바래지지 않으리
대한의 가슴에 깊이 새겨진
한 조각 별빛이 되어
그 이름 안중근 의사.

# 서울 한강

한강은 흐른다
천년의 세월을 가슴에 안고
고구려의 기상이 물결에 묻히고
백제의 배가 물살을 갈랐던 강
역사는 이 강을 따라 서울로 들어왔다
조선의 도읍이 세워진 것도
이 강이 품은 넉넉함 때문이다
금빛 햇살이 물결 위에 내려앉던 날
왕들은 강가를 거닐며
나라의 안위를 기도했고
백성들은 강물로 삶을 일구었다
아리수 그 이름은 맑고 깊다
사람들은 이 물에서 목을 축이며
삶의 쓴맛을 씻고
희망을 다시 길어 올렸다
임진왜란의 불길 속에서도
이 강은 꺼지지 않았다
독립 운동가들이 밤을 건넌 것도
분단의 아픔을 안고 흐른 것도 한강
강물은 언제나 말없이 품어주었다

지금은 수많은 불빛들이
강 위에 별처럼 뜨지만
물속엔 여전히 옛 선인들의 발자취가
고요히 흔들린다
아리수는 지금도 흐른다
서울의 심장에서 몰래 흘리는
조용한 눈물처럼
한강은 단지 강이 아니고
서울은 그 위에 피어난 기억이며
아리수는 시간의 심연 속에서
오늘도 우리를 적시는 사랑이다.

# 아름다운 인생의 교향곡

고요한 자연 속에서 숨을 들이 마신다
바람이 살며시 현악기를 흔들면
가녀린 첼로의 선율이 인생의 서막을 알린다
유년의 주제는 경쾌한 바이올린의 춤
햇살이 뛰놀고 웃음이 피어나는 순간들
가끔은 불협화음도 섞여
어린 날의 눈물 한 방울이 작은 쉼표로 남는다

청춘은 격렬한 알레그로
뜨거운 관악기가 꿈을 노래하고
심장의 북소리는 더욱 빠르게 뛰어 간다
어느 순간 불안과 방황의 변주가 스며들고
어둠 속에서도 길을 찾아가는
피아노의 독주가 조용히 흐른다

장년의 악장은 한층 깊어진 저음의 비올라
무거운 책임과 묵직한 화음이 더해지고
삶의 무게만큼 풍성한 관현악이 울려 퍼진다.
때로는 애잔한 오보에가
따뜻한 플루트가 위로하듯 귓가를 스친다

노년의 악장은 라르고
낙엽처럼 부드럽고 잔잔한 호른의 울림
추억이라는 선율이 조용히 흐르고
지난날의 교향곡을 되돌아보며
음표마다 감사의 여운을 남긴다

마지막 코다에 이르러
모든 악장이 한데모여 완전한 화음을 이루고
하늘을 향해 마지막 음이 울려 퍼질 때
삶의 교향곡은 아름다운 영원 속으로 사라진다.

# 붓이 칼보다 강하다

먹물 한 방울이 칼날을 무디게 하고
흔들린 붓끝이 역사의 흐름을 바꾼다
강철은 시간을 이기지 못해 녹슬지만
한 줄의 글은 세월을 넘어 가슴에 새겨진다
피로 그린 진실보다 잉크로 새긴 진심이
더 깊이 스며드는 법
칼은 살을 가르지만 글은 영혼을 흔든다

피로 쓴 역사는 사라지나
먹으로 새긴 진실은 끝내 남는다
칼의 날은 한순간 빛나고 녹슬지만
한 획의 무게는 시대를 넘어 가슴에 묻힌다
힘으로 꺾은 마음은 다시 일어서지만
진실로 울린 마음은 끝내 무너진다

칼은 육신을 베어 쓰러뜨리지만
글은 마음을 꿰뚫어 세상을 바꾼다
핏빛 권력은 바람에 흩날리나
깊이 새긴 한 마디는
세월의 파도를 넘어 영원을 지킨다

칼은 상처를 남기지만 글은 길을 만든다
한 자의 진실이 천군의 창끝보다 무겁고
한 줄의 깨달음이 억겁의 어둠을 가른다

칼로 얻은 승리는 피 위에 서지만
글로 전한 진리는 마음에 뿌리 내린다
칼날의 광휘는 순간이나
글의 울림은 세대를 넘어 메아리친다
무너진 성벽은 다시 쌓을 수 있어도
흔들린 신념은 결코 되돌릴 수 없으니
침묵을 깨뜨린 한 줄의 글은
어떤 무력보다 깊고 멀리 닿는다.

# 노을 인생

하루 끝, 하늘에 번지는 붉고 고운 물결처럼 인생도 저물녘이 가장 아름답다. 달려온 시간 위에 햇살은 고요히 내려앉고 바람은 말없이 지나간 추억을 흔든다. 젊음의 찬란함은 지나갔어도 그 자리에 남은 것은 빛보다 따사로운 온기, 소리보다 고요한 울림, 저물어 간다는 건 사라짐이 아니라 더 깊어지는 것. 누군가의 하늘을 따뜻하게 물들일 수 있다면 그것만으로도 충분한 인생, 마지막 빛이 누군가의 가슴속에 고요히 노을로 남아 아름답게 물들기를, 인생은 저무는 노을, 뜨거운 낮을 지나 서서히 붉게 물드는 순간, 비로소 모든 것이 고요히 반짝인다.

서두르지 않아도 좋다. 늦은 빛은 오히려 더 따뜻하고 긴 하루의 끝자락에 피어나는 빛은 가장 부드러운 손길이 된다. 지나온 길 위에 많은 이름이 있었고, 많은 이별이 있었으며 모든 것이 한 줌 노을빛으로 남는다. 그 빛으로 나는 누군가의 저녁 하늘을 물들이고 조용히 말없이 마음을 안아줄 수 있다면 그것으로 충분한 인생이다. 사라짐이 아닌 빛의 마지막 춤으로 남는 삶, 그것이야말로 노을 같은 인생이리라.

# 자랑스러운 한글 훈민정음의 노래

저 하늘별처럼 빛나는 소리
백성의 숨결을 품어낸 글
세종의 뜻 따라 흐르던 마음이
한자 한자 빛으로 맺혔네
깊은 밤 어둠 속에도
말을 잃지 않게 하려는 사랑
그 따뜻한 뜻이 모여 한글이 되었다
돌, 바람, 물, 꽃
우리 삶을 품은 이름들
어머니의 자장가처럼 부드럽고
아버지의 발자국처럼 든든하다
소리의 뿌리를 밝혀낸 문자
세계를 놀라게 한 지혜의 결실
가장 과학적이면서도
가장 사람다운 글
한글이 있어 우리는 노래를 지었고
한글이 있어 우리는 마음을 전했다
세월을 지나도 꺼지지 않을
우리 혼의 등불
자랑스러운 한글이여
훈민정음의 기적이로다.

# 시 낭송은

시 낭송은 종이 위 잠든 별빛을 깨워
목소리로 부르는 시의 노래인 것을
바람처럼 스치며 가슴에 오래 머무는
고요한 찬양인 것을

그 노래는 귀로 들리는 소리가 아니라
가슴으로 스며드는 빛
지난날의 기억을 부드럽게 흔들고
잊고 있던 이름들을 하나씩 불러내며
아무도 모르게 눈시울을 젖게 만드는
낮은 숨결의 떨림이지

시 낭송은 종이 위의 별빛이
목소리로 노래하는 순간
마음도 별빛으로 노래하지
그리고 마침내 깨닫게 하지

사람의 마음도
별빛처럼 노래할 수 있다는 것을
종이에 갇힌 숨결을 풀어

목소리로 꽃 피우는 순간
적막 속에 숨어 있던 떨림을
귀와 가슴으로 건네어
시가 다시 살아 움직이게 하는 순간이지
시낭송은 시가 목소리를 입는 순간
글자가 심장이 되는 예술이지.

# 사인암

그대 사인암에 마음을 두고 왔는가
바람은 벼랑을 타고 시가 되어 흐르니
물소리마저 그대 숨결 닮았도다
우탁의 그림자 바위에 기대고
세월은 그대로 멈춘 듯
푸른 침묵 속에 역사의 숨결이 일렁인다
나는 그 풍광 앞에 서서
마음 한 줄기 기암에 새겨 놓았노라

사인암 벼랑 끝에 핀 한 떨기 고요처럼
마음도 그 앞에 고요히 피어났네
우탁이 시를 읊던 자리에
바람 한 줄기 햇살 한 줌에도
풍광이 떠올라 또 그리워하고
깎아지른 절벽처럼 선명한 기억은
마음 속 가장 깊은 곳에
묵묵히 지워지지 않게 새겨졌네

저리도 수려한 절벽 아래
물빛은 하늘을 품고 흐르며
바람은 옛 시인들의 숨결을 실어 오네
고요한 노래이며
그 품 안은 천년의 사랑을 담았구나
한 번 눈을 마주치니 가슴에 남아
그리움 웅혼하니 절벽 끝엔 바람 울고
맑은 물결 고요 속에 옛 시인이 숨 쉬누나
사인암아 그대 품은 천년 사랑 아니런가.

# 아름다운 금수강산

그 이름 속엔 천년을 품은 숨결이 있다. 한 줄기 안개처럼 스며드는 시간의 기억, 돌 하나 나무 하나에도 잊혀지지 않은 역사의 무게가 깃들어 있다. 산은 말이 없고 강은 잠잠하나 침묵 속에 울리는 조국의 숨소리, 천년을 건너온 혼의 울림이 바람결 따라 가슴을 두드린다. 봉우리 위엔 옛 선조의 발자국이 남고, 진달래 피던 언덕 아래엔 그리움으로 피어난 이름 없는 눈물이 있다. 이 강산은 단지 땅이 아니요. 세월을 견디며 생을 지켜온 수많은 영혼의 기도이니, 그 기도 위에 살아간 흙을 밟으며 하늘을 우러르며 묵묵히 걸어 단단히 간다.

달빛이 은빛으로 물들이는 산천엔 왕조의 흥망이 스쳐간 자취가 남아 폐허 속에서도 꺼지지 않은 불빛처럼 한 줄기 희망이 흙속에 숨 쉬고 있다. 탑은 무너지지 않고 서 있었고, 종은 바람 속에서도 울려 퍼졌으며, 울림 따라 기도가 하늘에 닿아 별이 되었다. 뿌리 깊은 소나무가 꺾이지 않았듯 이 땅의 사람들도 그렇게 살아왔다. 고요함 속의 강인함으로 부서져도 다시 모이고 흩어져도 다시 돌아와 한 뼘의 땅 한 줌의 흙을 지켜냈다.

우리의 아름다운 금수강산은 과거의 노래이자 미래의 서사, 흘러간 것이 아니라 흐르고 있는 것이다. 아이의 맑은 눈동자 속에도 이 땅의 천년은 살아 있고, 노인의 깊은 주름 속에도 천년역사는 여전히 숨 쉬고 있다. 이 강산을 기억하는 일은 단지 바라보는 것이 아니라 가슴에 품고 걸어가는 것, 우리가 바탕이 되자. 다음 세대의 바람이 될 수 있도록, 그리하여 또 다른 천년이 이 땅 위에 고요히 피어날 수 있도록.

# 꽃이 된 시간들

돌아보면
참 많은 시간이 흘렀다
울고 웃고 잃고 얻고
떠나보내고 기다렸던 날들…
그 시간들이 하나씩 쌓여
어느새 내 안에 작은 정원이 생겼다
누군가에겐 흔한 풀일지 몰라도
내겐 소중한 이름을 가진 꽃들이다

이름 모를 상처도
작은 기쁨도 긴 기다림도
모두 내 안에서 꽃이 되었다
나는 후회하지 않는다
내가 걸어온 모든 계절을
그 계절이 있었기에
지금의 내가 있고
지금의 나는
고요히 피는 한 송이 꽃을 피운다.

# 뷰티풀 랜딩

우리의 년 수가 칠십이요
팔십을 넘긴다 해도
여기저기 삐걱 댄다
기력이 해마다 떨어지고
걸음걸이도 많이 느려진다
세월이 가도
나는 예외인줄 알지만
세월 이길 장사 없다는 말을
해가 거듭될수록
누구나 실감 한다

순리로 받아들이며
세월 곱게 먹어가야지
늙는 길 막을 수 없으니
멋있게 늙어가야지
지는 석양이 아름답듯이
마지막 장식을 잘해야지
세상욕심은 살며시 접고
사랑과 감사가 넘치는
곱게 날마다 좋은 날
세상은 아름답다
뷰티풀 랜딩 파이팅!

# 인생은

누가 그러더라
인생은 고귀하니 고운 시처럼
아름답게 살아야 한다고

봄에는 피어나는 꽃잎처럼
여름에는 태양에 흔들리는 나뭇잎처럼
가을에는 낡은 책장에 스며든 낙엽처럼
겨울에는 창가에 맺힌 성에처럼

인생은 늘 한 편의 시가 되어
눈물도 운율이 되고
웃음도 은은한 선율이 되고
침묵마저도 여운이 된다네

그래서일까
우리는 매 순간 시인이 되어
삶의 문장을
써 내려가고 있는 것인지도 몰라.

# 시

삶은 꽃처럼
피어날 때의 설렘을 닮았다
작은 씨앗이 햇살을 적시며
알지 못하는 내일을 꿈꾸는
순간이 곧 시가 된다
인생은 태양 빛에
뜨겁게 흘러내리는 땀방울 속에 있다
한낮의 햇볕을 이마에 안고
그 빛을 전부 마시듯 살아내는
강렬한 청춘의 호흡이 바로 시다

가을의 낙엽처럼
젖어드는 고요 속에 있다
바람에 흔들리다 땅에 닿아
흙과 하나 되는 마지막 순간까지
아름다움을 잃지 않는 모습이 시다
백설의 겨울처럼
하얀 침묵 속에서 깊어진다
눈송이 같은 시간이 소리 없이 내려
우리의 어깨에 쌓일 때
그 고요가 곧 시가 된다.

# 사계

봄은 희미한 기억처럼 흐릿했던 대지 위로
연한 꽃향기가 번진다
설렘은 아직 서툰 햇살을 타고
가만히 마음 깊은 곳을 두드린다
모든 시작은 이렇게 조심스럽다
고요히 얼었던 대지가 숨을 돌리듯
연둣빛 숨결이 가녀린 가지마다 피어오른다
바람은 부드러운 손길이 되어
꽃잎을 깨우고 세상은 다시 태어난다

여름 햇살은 금빛 물결을 쏟아내고
푸름은 하늘과 들판을 가득 채운다
매미의 노래는 시간을 익히며
장대한 생명의 서사를 더운 바람에 싣는다
쏟아지는 빛 속에서
뜨겁게 숨 쉬는 나무들과 강물
한낮의 숨결은 짙고 진하여
어느새 꿈을 꾸듯 서로를 닮아간다
여름은 사랑처럼 깊고 빠르다
햇살은 금빛 물결을 쏟아내고
푸름은 하늘과 들판을 가득 채운다
장대한 생명의 서사를 더운 바람에 싣는다

가을바람 한 자락에도 마음이 흔들린다
물든 산과 들이 낮게 읊조리며
그리움은 저물어 가는 빛 속에 쓸쓸히 번진다
떨어지는 잎마다
안녕이라 속삭이듯 이별을 배운다
서늘한 공기 속에 들리는 낙엽의 속삭임
황금빛 들녘은 긴 여정의 끝을 노래한다
익어가는 열매처럼 마음도 차분해져
저마다 아름다운 마무리를 준비한다

겨울의 하얀 침묵이 세상을 감싼다
서로의 손길이 더욱 소중해지는 계절
모든 온기와 모든 기다림이
작은 등불처럼 가슴속에 살아난다
겨울은 마음이 가장 조용히 웃는 시간이다
하얀 숨결이 세상을 덮고
시간은 고요한 눈송이로 내린다
모든 소리가 멀어지는 끝자락에서
우리는 가장 깊은 온기를 꿈꾼다.

# 도담삼봉

연초록 물결이 넘실대는
물안개 흐르는 고요한 강 위에
세 봉우리가 선비처럼 서 있네
첫 봉은 마치 노승의 눈빛
천년의 무심을 품고 있고
두 번째 봉은 푸른 선비의 붓끝처럼
풍월을 적시며 바람에 말을 건네고
세 번째 봉은 수줍은 아씨 같아
물에 비친 하늘빛을 곱게 안고 있구나
저 푸른 물빛 위의 하늘빛
바위의 고요한 대화에
나도 가만히 마음을 띄워
그 멋진 풍광에 반하여
한 자락 시심을 실어 보낸다
이토록 아름다운 고요라면
차라리 내 마음도 바위 위에서
세월을 그 자리에 두고
저 정자 위에서 시 한수 읊고 싶네.

# 그리움의 창

나이를 먹으면 그리움을 먹고 산다
그리움의 창에 서면
추억의 향수로 가득하다
창밖으로 흐르는 시간은
어디론가 멀리 사라져 가는데
그리움의 미소는
간직된 순간들이 눈부시다
마음의 풍경으로 열리고
간절한 바람들이 흐르면서
사랑했던 순간들이 조명되어
선명한 추억의 향기가 차올라
간직된 사랑의 색채가 환하게 빛난다
창 너머로 살아 숨 쉬며 풍성하게 만든다
사랑의 향기를 가득 품고
따뜻한 순간들이 간직되어
사랑의 미소를 신고
추억의 꽃잎들이 우아하게 춤을 추고
그리움의 멜로디로 가득 차
따스한 빛이 삶을 비춰주는 듯
빛나는 별처럼 마음을 밝혀주고
그리움은 끝없이 강물처럼 흘러간다.

# 봄밤

　봄밤을 밝히는 향기 차마 묻지 못한 그 누구의 이야기인가? 꽃이 피는 뜨락에선 트럼펫을 불지 말고 첼로의 장중한 선율로 그를 깨우라는 엘리엇의 시가 생각나는 밤, 꽃망울 터지는 소리 하얀 꽃눈 밟고서 그리움이 날개 저어오면 붉은 꽃으로 피 토하는 밤, 화려한 봄 노랫소리는 그치지 않는데 지난밤 내린 실비에도 꽃잎 다 질까봐 조바심 나는데 속절없이 봄밤은 깊어만 간다.

　함박웃음 벅찬 설렘, 꽃이슬 한 잔 건네며 젖어보는 심연, 먹구름 속에 숨었던 별들도 총총히 돌아오고 바람은 꽃잎 몰아오는데 밤하늘 바라보며 봄을 머금네. 마치 기억의 잔해를 밟으며 걷는 부드러운 어둠 속의 산책 같네. 바람은 지나간 계절의 속삭임을 머금고 잎 사이를 조용히 스치며 잃어버린 시간들을 불러낸다. 누가 사월은 가장 잔인한 달이라 했던가? 꽃피는 이 밤에도 마음 어딘가엔 묵은 그리움이 새순처럼 아파온다. 달빛은 낡은 진실을 더듬듯 창가에 내려앉고, 침묵은 시처럼 혹은 기도처럼 서로를 감싸 안는다.

시가 아니라면 도무지 설명할 수 없는 그리움과 생의 애틋함이 하나의 문장이 되어 마음에 흘러든다. 봄밤은 아직 잠에서 다 깨어나지 못한 꿈결 같은 시간, 이 고요는 슬픔이 아니라 깊은 회상의 숨결이니 시간은 우리를 짜 맞추고 또 흩뜨리며 기억 속 어느 우중충한 심야로 데려가려 한다. 이 밤 달빛은 너무 조용하고 바람은 너무 사려 깊어 그 어떤 선언도 비상도 전언도 허락하지 않는다. 장중한 트럼펫을 불지 말라. 봄밤은 울림이 아니라 속삭임으로 살아 있으니 그 소리는 잊힌 사랑의 발소리로 돌아오는 것이니.

# 값진 인생

값진 인생은
봄날 피어나는 꽃망울 속에서
새로운 희망을 노래하는 용기이며
여름날 뜨겁게 내리쬐는 햇살 아래서
흘린 땀방울 속의 진실함이다

가을에 이르러
낙엽처럼 조용히 스러지는 순간에도
빛나는 색을 남기는 것
겨울의 깊은 고요 속에서도
끝내 꺼지지 않는 따스한 등불이 되는 것

하늘 끝 별빛처럼 먼 길을 비추고
바람처럼 스쳐가도 흔적을 남기며
흙처럼 모든 것을 품고도
자신을 드러내지 않는 겸손이다

금은보화로 쌓아 올린 성이 아니라
가장 작은 웃음에도 마음을 열어주는 따뜻함
어둠 속에서 서로를 잡아주는 손길 속에 있다

험한 길 위에서도 꺾이지 않는 믿음
스스로의 무게를 감당하면서도
다른 이를 일으켜 세우는 용기 속에 있다

시간이 남긴 주름마다 깃든 이야기
저물녘 노을에 스며 있는 감사
끝내 떨어져 흩날려도
향기로 남는 꽃잎 같은 사랑 속에 있다

결국 값진 인생이란
많이 가진 삶이 아니라 깊이 나눈 삶
계절처럼 흐르고 별처럼 남아
타인을 비추며 마지막엔
향기처럼 스며드는 삶이다.

# 늙음의 미학

늙음은 시간의 그림자가 아니다
세월이 남긴 상처 위에 피어난
가장 고요한 꽃의 향기다

젊음이 불꽃이라면
늙음은 잿빛 속에서 반짝이는 별빛
타오른 후에야 알게 되는
불의 온기와 남은 재의 따스함
늙음은 잃음이 아니라 깊어짐이다

모서리가 닳아 둥글어진 돌처럼
격랑의 물결에 씻겨
더 부드러워진 영혼처럼
시간은 인간을 가장
본질적인 모습으로 다듬는다

늙음은 침묵 속의 시다
젊은 날의 언어가 함성이라면
늙음의 언어는 숨결이다
바람에 흔들리는 갈대가

더 이상 저항하지 않고
흔들림 자체로 노래하는 순간처럼
늙음은 끝이 아니라 완성이다

하루의 석양이 밤을 두려워하지 않고
자신의 빛을 온전히 내려놓는 것처럼
늙음은 삶을 마침내 온전히 품는
가장 순수한 순간이다

그 고요 속에서
비로소 알게 된다
삶은 젊음으로 시작해
늙음으로 끝나는 것이 아니라
늙음 속에서 삶이
가장 완전해진다는 것을.

# 살아갈 이유

인생길 무한한 여정에는
순간의 아픔과 미소가 고루 섞여 있다
존재의 이유를 찾아
고난이 밀려오면 더 강해진다
순간을 귀히 여기며 살며
가끔은 실패와 상실에 부딪쳐도
다시 일어나 걸어간다
불안한 세상의 안전지대는 없다
삶의 무게에 휩싸인 순간에도
삶의 미소와 노래 부르며
희망의 등불을 향해 걸어간다
어제의 오류와 실패는 오늘의 강함으로
내일의 가능성을 향해 전진한다
발걸음은 새로운 경험을 향해
흔들림 없이 나아가고 있다
사랑은 마치 시간의 노래처럼
삶에 음악을 불어넣어
상처와 아픔을 치유하는 활력소로
존재하는 이유를 더욱
의미 있게 만들어준다

서로의 고난과 기쁨을 나누며
끊임없이 성장해 나가고 있다
마지막 순간이 올 때까지
삶을 품고 미소로 행복을 찾아간다.

# 제2부

봄비 오는 날

# 낙화

화들짝 피어나던 벚꽃
찬란한 봄의 심장을 안고
세상을 향해 활짝 웃더니
바람 한 줄기에도
수줍은 듯 떨리며
꽃비 되어 흩날리네
하얀 숨결이 내려앉듯
봄바람에 마음 풀고
하늘에 자신의 향기를 맡긴다
꽃잎 하나 바람에 실려
시간의 강을 건너가듯
그렇게 잊히고 그렇게 남는다

만개는 찰나였고
낙화는 영원의 시작이다
바람에 진다는 것은
잎이 아닌 생의 무게를 놓는 일
떨어지며 깨닫는다
아름다움은 끝남 속에 있다는 걸
그날의 벚꽃처럼

너도 화사하게 웃었지
꽃비가 내리던 오후
조용히 너는 말없이
내 기억 속에서 지고 있었구나
지금도 바람 불면
그 조각들이 가슴에 흩날린다.

# 시간의 깊이

나이가 들수록 아름다운 꽃이
더 깊이 마음에 스며든다
젊은 날에는 화려한 색과 향기에 취했지만
이제는 꽃잎 하나하나에 깃든 세월을 본다
봄날 벚꽃의 덧없음이
여름 장미의 정열이
가을 국화의 은은한 품격이
추운 겨울 설중매의 고고한 인내가
마치 한 사람의 인생처럼 느껴진다
피고 지는 것이 숙명이기에
더욱 아름다운 것은
한때의 빛남이 아니라
그 안에 담긴 기다림과 견딤
소멸의 품격이 이제는 보인다
꽃의 아름다움에 빠지면
꽃도 너무 예뻐 보이지만
꽃을 통해 흐르는 시간의 깊이가
더욱 아름답게 느껴지는 것이다.

# 초로인생

이슬처럼 맺히고 사라지는 덧없는 삶
짧은 순간을 무엇으로 채워야 할까
바람이 스쳐 가는 들녘에
한때 푸르게 빛나던 풀잎도
이슬 한 방울 머금은 채
아침 해에 사라지듯
우리도 언젠가 스러질 몸
무엇을 남길 것인가

어떻게 남은 세월 채워야 할까
한 줄기 따스한 빛이 되어
누군가의 길을 밝혀줄 것인가
한 방울 맑은 이슬이 되어
목마른 마음을 적셔줄 것인가
산들바람 속에서 춤추다
흙으로 돌아가는 낙엽처럼
우리의 하루하루도
한 점 후회 없이 살 수 있기를.

# 남은 여정

생은 몇 번이나 더 피어날 수 있을까? 저문 해를 바라볼 때마다 묻는다. 해마다 기력은 전과 같지 않고 주름은 더 깊어만 가는데, 바람에 쓸려가는 시간에도 마음 한편엔 지지 않는 꿈이 있다. 가야 할 길이 있다면 머뭇거리지 말고, 남은 생은 바람처럼 가볍고 노을처럼 따스하게, 더는 미련도 후회도 없이 한 점의 여한 없이 피어나고 싶다.

얼마나 더 살아야 마음에 남은 바람들을 다 품을 수 있을까? 해마다 계절은 같지 않고 내 숨결도 어제와 다르다. 꽃은 지고 다시 피지만 사람의 하루는 돌아오지 않으니, 머물러 주는 시간 앞에 더는 미룰 일이 없기를, 가고 싶은 곳은 지금 떠나고 하고 싶은 말은 아끼지 않으리. 남은 생은 저물녘 노을처럼 뜨겁고 아름답게 스러지기를...

끝내, 아무런 아쉬움 없이 생은 몇 번이고 스쳐 가지만, 내 오늘은 단 한 번뿐, 지나온 길마다 아쉬움이 묻어도 남은 날들은 온전히 나의 것, 해마다 봄은 다시 찾아와도 내 젊음은 머물지 않고 머문 자리마다 쌓여가는 못다 한 일 미룬 꿈들이여! 바람이 닿는 곳 끝까지 가보고 싶다. 한 번쯤은 가슴 뛰는 순간에 머물고 사랑한다는 말도 더는 아끼지 않으리라. 저물어 가는 하루에도 빛나는 마음 하나 놓치지 않고, 마지막 발자국마저 후회 없이 언젠가 생의 끝머리에 섰을 때 미련 없이 웃으며 떠나기를.

# 지는 해

석양이 지는구나
붉게 타오르던 태양도 이윽고 기울고
하늘 끝자락에 번지던 빛마저
조용히 어둠 속으로 스며드네
영원할 것 같던 낮의 황금빛도
한순간에 잿빛으로 바뀌고
뜨겁던 열기도 바람 속에 식어 가니
삶이란 결국 저무는 해와 같네

석양은 스러지면서도 아름답고
빛은 수평선 너머 어딘가에 조용히 남아
또 다른 아침을 준비하듯
우리의 흔적 또한 어딘가에 머물리라
지는 해를 아쉬워하기보다
그 빛의 마지막까지 음미하며
고요히 스러지는 순간마저
한 점 아름다움으로 남길 수 있다면
덧없는 삶도 허망하지 않으리라.

# 건반 위의 만찬

햇살이 따스하게 내려앉은 오후
검은 숲과 흰 설원이 나란히 누운 건반 위에서
음표들은 조심스레 포도주를 기울인다
첫 잔은 바흐의 깊은 와인
고요한 침묵 속에 스며든 숙성된 향기
둘째 잔은 쇼팽의 은빛 샴페인
한 방울의 탄식이 부서지며 반짝이는 순간
모차르트의 달콤한 디저트가 입술 위를 감돌고
베토벤의 강렬한 향신료가 가슴속 불꽃을 지핀다
그리고는 드뷔시의 부드러운 달빛이
잔잔한 파도처럼 건반 위를 스친다
그렇게 선율들은 서로를 감싸 안으며
시간의 테이블 위에서 춤을 춘다
시간이 갈수록 더 깊어지는 맛
영혼을 적시는 피아노 건반 위의 민찬.

# 그대는

타인의 입장이 되어본 적 있는가
상대의 신을 신어 본 적 있는가
낯선 길 위 바람이 스며든 신발 속에서
그의 발자국을 따라 걸어 본 적 있는가
봄날 벚꽃 아래 웃던 얼굴도
가을비에 젖어 우는 눈동자도
다 그대와 같은 하늘 아래 숨 쉬고 있음을

고운 말 한마디가 상처를 덮고
따뜻한 손길 하나가 마음을 밝히듯
서로의 길 위에서 서로를 헤아리는 것이
곧 세상을 아름답게 하는 일
그대는 한 번이라도
타인의 그림자가 되어 본 적 있는가
낯선 이의 하루 속에서
그의 무게를 짊어지고 걸어 본 적 있는가

한겨울 바람이 스미는 외로운 밤
그의 창가에 머문 달빛이 되어
심중 깊이 박힌 아픔을 헤아려

고요히 들여다본 적 있는가
때로는 한 마디가 가시가 되어
가슴을 찌르고
때로는 침묵이 벼락이 되어
마음을 태운다는 것을

그대의 눈물과 나의 눈물이
같은 바다로 흘러드는 것을 안다면
더 이상 외로운 섬이 아니리라
한 걸음 물러서 타인의 자리에 서는 순간
비로소 세상은 따뜻해지리니
자신의 자리에서 벗어나 타인의 길을 걸을 때
비로소 우리는 진정한 인간이 되리라.

# 힘내라 우리 조국

어떻게 이루어 놓은 조국인가
수많은 바람 속에서도 꺾이지 않은
뿌리 깊은 나무처럼
눈물과 피로 적신 대지 위에
희망을 심고 꿈을 피워
마침내 이루어낸 이 강산
반석 위에 세워서 잘 지키자

바람 불면 더욱 단단히 서고
어둠 내리면 별빛처럼 빛나리라
그대 가슴 속 불꽃이 꺼지지 않는 한
이 조국 영원히 빛나리라
바람 거세도 거목은 쓰러지지 않네
비바람 속에서도 강산은 푸르네
긴 밤 지나면 아침 해가 솟듯
험한 길 끝에도 빛은 영롱하리라

우리 조국 피어나는 강철의 꽃
눈물 젖은 땅에도 희망은 움트고
굳건한 우리 손 모아 엮은 꿈이

하늘 끝까지 닿으리라

흙내음 밴 들녘에도 바다를 품은 섬에도

산맥을 두른 바람에도 뜨거운 맥박이 뛰노니

사랑하는 조국이여 부디 일어서라

우리는 함께 나아가리라.

# 한옥마을의 봄

　봄꽃이 만발한 고즈넉한 길, 한옥의 추녀 끝마다 햇살이 내려앉고, 바람은 살며시 꽃잎을 데려가네. 나는 그 길을 천천히 걸으며 꽃향기 속에 마음을 씻고 시간마저 잊은 채 봄을 마셨다. 기와 위로 흐르는 햇살처럼, 그리움도 따뜻하게 녹고 고요한 풍경 안에 내 마음도 한 송이 꽃이 되었다. 한 걸음 또 한 걸음 발밑엔 낙화가 깔리고, 산새는 고요를 흔들지 않으려 숨죽인 듯 가지 위를 맴돈다.

　담장 너머 피어난 살구꽃, 잊고 있던 이름을 부르듯, 마음 깊은 곳을 다정히 두드린다. 햇살에 취한 나비가 내 어깨를 스치고 지나간다. 그 봄날의 기억도 조용히 다가와 가슴 한쪽을 따뜻하게 안아준다. 봄은 한옥마을의 지붕 위에 내려앉고, 그 속에서 시간을 잊고 마음을 찾는다.

　그 길을 걷다 문득, 누군가의 마음이 저 벚꽃 가지 끝에서 흩날린다. 그대가 건넨 말 한마디처럼, 살며시 내려앉는 꽃잎 하나에 나는 잠시 멈추었다. 한옥의 고요한 숨결 속에 지난 계절의 그리움이 스며있고, 봄은 모든 기억을 품에 안고 다시 우리 앞에 피어났다. 그대를 생각하며 걷는 이 길은 더 이상 낯선 길이 아니야, 그 봄빛 속에 내 마음도 그대에게로 흘러가고 있으니.

# 역사의 산실 탑골공원을 찾아서

도심의 분주함을 비집고
지나간 시간의 문턱에 다다르니
탑골공원이 속삭인다
잊히지 않을 이름들을
돌계단 따라 걷는 발끝마다
세월이 부서지고
원각사지 십층석탑은
말없이 천년 바람을 견딘다
그날 팔각정엔
목이 터져라 울리던 함성이 있었지
자유를 향한 그 뜨거운 외침은
지금도 나무들의 잎사귀에 스며
바람이 불 때마다 되살아난다
이 땅 위에 피어오른 기억의 성지
역사의 숨결이 머무는
이곳은 조용한 기도의 자리
참혹한 조각상에서
눈을 떼지 못한 채
삼월 하늘에 울려 퍼지던
그 날의 함성을 잊지 않겠다는 약속처럼
오늘 나는 그 위를 걷는다.

# 꿈

세월이 흐른다 해도
바람이 나뭇잎을 흔들고
주름이 이마를 쓰다듬는다 해도
꿈을 품은 자는 늙지 않는다
그 마음속엔 여전히
새벽이슬처럼 반짝이는 설렘이 있고
첫눈 같은 순수가 살아 있으며
봄꽃처럼 피어나는 희망이 있다
시간은 몸을 지치게 할 수 있으나
영혼의 날개를 꺾지는 못하리라
꿈을 좇는 자는 언제나 청춘
어제보다 더 빛나는 내일을 향해
오늘도 걸음을 내딛을 뿐
나이는 숫자에 불과하네
꿈이 있는 한
우리의 시간은 언제나 시작일지니.

# 내 안에서 찾는 나

내 안의 나를 찾아
고요히 시를 읊는다
낱말마다 내 숨결이 스며들고
음률마다 내 영혼이 빠져든다
목소리는 시 줄을 타고 흐르고
그 끝에서 나는 나를 만난다
잊혔던 나 숨었던 나
시간의 틈에 스며든 나
어느새 시는 나의 거울이 되어
흩어진 조각들을 비춘다
낭송하는 순간 나는 내가 되고
마침내 온전해진다
내 안의 숲을 거닐며 나를 찾는다
낡은 이끼가 깔린 심중엔
잊혀 진 꿈들이 깨어나고
깊은 우물 속엔 오래된 내가 반짝인다
소란했던 날들의 잔향을 지나
내 영혼의 가장 깊은 곳에 닿으면
고요한 빛 하나 온기로 나를 맞이한다
나는 바람이었고 나뭇잎이었고

흐르는 강이었으며 멈추어선 돌이었다.
모든 것이 나였고 나로 돌아온다
시 향기 스며든 이곳에서
가장 나다운 나로 피어난다.

# 말 말 말

말이 넘치는 세상 시름도 넘쳐나네
추측의 바람이 헛되이 불어
진실은 먼지 속에 묻혀가고
떠도는 말들이 세상을 흐리네
휘청이는 바람결 속
튜브는 시끄러운 북소리 같아
진실과 거짓이 뒤엉켜
귀를 막아도 메아리는 멈추지 않네
고요한 달빛이 그리운 밤
참된 말은 어디에 머물러 있을까
말은 강물처럼 흘러가되
물빛은 탁하여 바닥을 볼 수 없고
추측은 안개처럼 피어나
진실의 길목을 가로 막네
떠도는 혀끝의 바람이
세상을 흔들고 마음을 헝클어
방송은 메아리 없는 북소리처럼
허공에 울려 퍼질 뿐
고요한 진실은 늘 깊은 곳에 잠겨
소란의 물결이 가라앉아야만
비로소 그 모습을 드러낼까.

# 고난을 이기는 빛이 되어

거친 바람 속을 걸어가시는 당신, 등 뒤로 몰아치는 어둠을 안고도 앞을 향해 나아가는 발걸음이 곧 역사가 될 것을 압니다. 비바람이 몰아쳐도 꺾이지 않는 나무처럼 당신의 뜻이 흔들리지 않기를, 찬 서리 속에서도 꽃을 품은 가지처럼 그 길이 헛되지 않기를. 세상의 소란이 몰아쳐도 참된 가치는 시간 속에 빛나리니 당신의 헌신이 세월을 넘어 빛나는 등불로 남기를 기원합니다.

고난 속에서도 끝내 지지 않는 그 마음의 강인함이 새로운 봄의 씨앗이 되어 이 땅에 뿌려지기를 원합니다. 그 길이 얼마나 험난한지, 얼마나 깊은 고독과 결단이 필요한지 직접 겪지 않아서 온전히 알 수 없었지요. 지금은 그 무게를 짐작하며 바라보는 마음도 함께 무겁습니다. 때로는 끝없는 바람과 돌길 속에서도 그 길을 걷는 당신이 있기에 희망이 이어지는 것이겠지요. 부디 그 길음이 헛되지 않기를, 지금의 아픔이 먼 훗날 따뜻한 빛으로 남기를 바랍니다.

# 늙어 가는 길

늙어 가는 길은
한 걸음씩 낮아지며
가벼워지는 길이네
하늘 향해 치솟던 나뭇가지도
이제는 뿌리로 향하는 법을 배우고
바람에 몸을 기울이는 법을 아네

주름진 손끝마다
수많은 계절이 머물다 갔고
무엇을 빼앗은 듯하지만
사실은 조용히 스며들었을 뿐
청춘의 불꽃은 잦아들었으나
잔잔한 불씨 하나로 남아
긴 겨울밤을 따스하게 밝히네

처음 가는 이 길은
붉게 물드는 노을처럼
고요히 깊어지는 길이네
이 길의 끝에서 흐르는 강물처럼
거침없이 흘러가 지나온 자리마다
고운 물결 하나 남기고 싶네

한때 푸르게 흔들리던 가지는
세월 바람을 머금고 단단해지며
따스한 햇살 아래 조용히 빛나네
주름진 손끝에 스며든 시간은
허무가 아니라 채움이었고
잃어가는 것이 아니라
익어가는 것이었음을 알았네

사랑도 그리움도
은은한 온기로 남아
긴 밤을 비추는 등불이 되네
이 길 끝에 다다를 때
바람에게 내 이야기를 맡기고
낙엽처럼 가벼이 흩날릴 수 있기를
그러나 흩어진 자리마다
따뜻한 기억으로 머물러
마지막이 아름답기를 바랄 뿐이네.

# 봄비 오는 날

창밖엔 봄비가 조용히 내린다
우수에 젖은 숨결이
세상의 빛바랜 마음을 적신다
봄비처럼 나직하게 멈출 줄 모르고
내 마음 깊은 곳에 스며들며
사랑은 어쩌면 봄비와 닮아
시작도 끝도 모른 채 언제부턴가 내려와
모든 것을 적셔버리고야 마는 것
젖은 돌길 위로 발자국이 떠오르고
비에 흐려진 풍경 속에서도
그 미소 선명히 살아 있다

이 봄비가 그치면
나의 햇살 아래 서겠지만
오늘 하루 우수 속에서만은
사랑했던 그날처럼 마음도 봄비 내려
우수에 젖은 창가에 앉아
아련한 그리움이 스며든다
메마른 마음에 꽃을 틔우고
지나간 추억의 골목마다

촉촉한 숨결을 불어넣는다
그리움의 설렘도 고요히 스며드는
말없이 다가와 온 마음 적시고
지나간 뒤에도 향기를 남긴다.

# 성 프란치스코의 위대한 생애

은빛 이슬 내리는 아시시 언덕에
하늘의 숨결을 품은 한 영혼이 태어났네
부와 명예, 칼과 전쟁의 무게를 등지고
그는 벌거벗은 마음으로 사랑을 입었지
태양을 형제라 부르고
달과 별을 자매라 부르던
그의 기도는 새벽의 바람이 되어
가난한 자의 마음을 쓰다듬었네
길 위의 꽃들과 대지의 먼지
심지어 병든 육신 속에서도
하나님의 얼굴을 본 그는
고통마저 찬미의 노래로 승화시켰지
그의 발자국은 비움의 길
그의 침묵은 가장 깊은 고백이었고
그의 미소는 세상의 울음을 안아주는
가장 온유한 평화였네
죽음조차 형제라 부르며
그는 마지막 숨결까지 노래했지
내 영혼이여 자유로이 날아가라
하늘의 품 안에서 진정한 사랑이 되리니
영원한 안식을 기원하네.

# 인생훈장

주름 진 얼굴은
평생 동안 만든 인생훈장
주름 사이로 살아온 경륜과 흔적이 보인다
백발은 인생의 면류관
세월이 만든 멜라닌 색소
가는 세월 막을 수 있나
내 나이를 사랑 한다
햇볕이 계속 내리쬐면
푸른 숲도 사막이 된다
비가 계속 내리면
사막도 오아시스가 된다
젊음이 영원하지 않듯이
희로애락 속에 당연한 세월의 변화
인생의 갈피마다 훈장을 만든다.

# 성 프란치스코를 기리며

작은 자로 오신이여
고요한 빛 속의 형제여
황금보다 풀잎을 사랑하고
권력보다 햇살을 따르던 그대
가난의 맨발로 세상을 안으셨지요.

새들의 노래를 기도로 들으며
바람과 대지, 별들과 친구 되신 이여
모든 피조물 속에서 창조주의 숨결을 읽고
그분의 사랑을 눈물처럼 흘리셨지요
당신은 무너진 성벽 위에 사랑을 쌓고
칼로 찢긴 시대에 평화를 심으셨습니다

전쟁의 그늘 속에서도
주여 나를 평화의 도구로 써주소서
입술을 젖은 흙처럼 낮추며 외치셨지요
이제 당신은 흙의 품으로 돌아가
형제 해와 자매 달 아래
고요히 빛나고 계시겠지요

그대여 우리 가난한 마음에도
하늘을 향한 새 한 마리 놓아 주소서
용서와 자비, 평화와 찬미의 깃을 달아
그 옛날 아시시의 하늘 아래처럼
우리의 땅도 다시 노래하게 하소서.

# 제3부

## 통일은 문학으로

# 새로운 빛

바람이 멈춘 들녘 흙속에서
조용히 깨어나는 씨앗이 있다
새벽을 잉태하는 시간
눈물 젖은 땅에 스며든 어둠조차
새로운 빛을 준비하는 거름이 된다
고난 속에서도 피어날 노래를
무너진 자리에서 다시 솟아오를
한 줌의 희망을
들리지 않는 노래가
어느 날 누군가의 가슴속에서
새로운 아침이 되어 울릴 것을
겨울의 끝은 어둠이 아닌
모든 빛이 사그라진 자리에서
가장 고요한 빛이 움트는 곳
바람에 꺾인 나뭇가지가
비로소 새싹을 품듯
잠든 영혼이 깨어날 때
새벽이 문틈을 두드린다.
겨울은 깊을수록 침묵하고

침묵은 깊을수록 새벽을 부른다
끝자락에서 비로소 알게 된다
생이 있는 자리에서만
피어나는 것들이 있음을.

# 혜량

바람이 나뭇가지를 흔들어도
나무는 하늘을 원망하지 않네
흐르는 강물이 바위를 깎아도
강은 바위를 품어 안을 뿐
상처 난 마음 위로 흐르는 시간처럼
조용히 흉터를 감싸고
봄의 숨결을 불어넣는다
고요한 호수처럼 마음을 감싸 안는다
미움은 가슴에 가시를 남기지만
용서는 그 가시를 꽃으로 바꾼다
따뜻한 바람이 불어오게 한다
너그러움은 약함이 아니라 강함이니
자신을 가두던 문을 여는 일이며
어둠 속에서도 다시 빛을 찾는 용기다
따스하게 품어주는 사랑은
아픔을 감싸 새로운 삶을 틔우는 힘
용서는 고요한 별빛이 되어
긴 어둠 끝에서도 길을 밝히는 법
혜량이야말로 가장 큰 용기이니
용서보다 더 큰 사랑은 없다.

# 우리 가는 길

　우리가 가야 할 길, 바람이 막아선다 해도, 비가 길을 삼킨다 해도, 강물은 머뭇거리는 순간에도 조용히 흘러가고 있으니. 저 먼 곳에서 기다리는 햇살이 있으니 발걸음은 멈추지 말지어다. 강물이 얼어 길을 막아도 어둠에 길을 잃어도 달빛이 흐려져도 가야 한다. 세상의 모든 길은 힘들고 발자국은 사라지나 우리 걸음은 시간의 등불이니 멈추면 잊혀 진 길이 되어버리니 비록 바람에 스러질지라도, 어둠에 가려질지라도 낙엽도 흩날리며 가야 할 곳으로 가고 별빛도 밤을 넘어 새벽을 만나듯, 우리의 길도 끝내 빛으로 이어질 테니, 비가와도 독수리는 하늘을 날고 눈이 쌓여도 사슴은 산을 오른다. 길이 멀어도 거북이는 멈추지 않고 길이 막혀도 연어는 물결을 거슬러 오른다. 우리 가야할 곳이 있다면 태풍이 불어도 거친 바다도 힘차게 오늘 이 시간을 사랑하고 작은 걸음 멈추지 말지어다.

# 광화문 빛 축제

영롱한 하늘에 별을 옮겨다 놓은 듯
뜨거운 공기 속에 번지는 환한 물결
사람들의 눈동자마다 작은 등불이 되어
서로의 미소에 불을 켜고
사라져 가는 발자국마저
빛의 흔적으로 남겨두는 밤
과거와 현재 그리고 다가올 시간을
찬란한 빛으로 비추며
우리의 꿈을 천천히 안아 올린다

광화문 광장의 빛 축제는
도시의 심장에 흐르는 빛의 강이다
수많은 발자국이 겹쳐지고
마치 오래된 역사를 어루만지는 손길
광장에 내려앉은 빛은
지혜의 별처럼 반짝이며
이 시대를 살아가는 이들에게
조용한 위로를 건넸다

분수대의 물줄기는
빛을 머금어 무지개가 되고
아이들은 환희의 파도 속을 달린다
그곳에선 누구도 낯설지 않다
빛은 사람과 사람을 이어주고
시간과 공간마저도 잇대어
과거와 현재가 하나로 섞여 흘렀다
광장은 도시의 가장 환한 심장이었고
별이 내려앉은 광야였다.

# 망팔을 바라보며

풀잎 끝에 맺힌 이슬처럼
봄날도 어느덧 사라지고
해가 뜨면 반짝이며 빛나지만
그 빛남조차 순간일 뿐
바람 한 점에도 떨리는 운명
푸른 봄날의 이슬은
한때 맑고 영롱하나
결코 머물지 못하고
햇살에 녹아 흐르는 것
청춘도 그렇다
손에 쥐려 하면 스며들고
품으려 하면 증발하는 것
사라진다고 헛된 것이랴
이슬이 사라진 자리마다
새벽의 숨결이 깃들고
풀잎은 더욱 푸르게 자라나듯
초로 같은 인생이기에

봄날이 가고 나면 남는 것은
한때 반짝였던 발자국의 흔적
그 속에 담긴 따스한 시간들이
더욱 빛나고 더욱 깊이 스며든다.

# 유망신예 콘서트

깊어가는 봄밤, 콘서트홀에 별들이 뜬다. 아직 세상의 무대가 낯선 신예들의 숨결이 첫새벽 이슬처럼 영롱하게 퍼져나간다. 풍부한 선율에 맑은 화음과 단정함으로 음악은 잔잔히 흐르고 무대 위 조명이 켜지면 멜로디가 피어나는 순간, 마치 새벽이 열리듯 가슴속 깊이 맑은 감동이 스며든다.

떨리는 눈빛엔 빛나는 꿈이 있다. 조심스럽게 새겨가는 연주 속에 내일의 거장이 될 씨앗들이 자란다. 이 밤 춤추는 음악이 행복이 된다. 별빛 같은 선율이 흐르는 무대, 그 떨림과 설렘을 가슴에 품고 미래의 유망 젊은 별들을 맞이한다. 첼룸 체임버 오케스트라 정기연주회, 아트홀의 무대 위로 흐르는 선율은 고요한 새벽에 스미는 첫눈처럼 맑다.

첼로의 깊은 울림은 땅속에 뿌리내린 나무의 이야기, 바이올린의 섬세한 떨림은 바람에 흔들리는 갈대의 숨결, 비올라와 더블베이스의 따스한 화음은. 저물녘 노을처럼 마음 한구석을 물들이고. 현 하나하나에 깃든 시간의 조각들이 별빛처럼 반짝이며 잔잔히 퍼져간다. 이 밤

음악은 말없어도 위로가 되어, 지친 마음을 감싸고 잊고
지낸 감정의 잔향마저 깨운다. 아름다운 선율 속에서 감
동의 무대 마음에 오래도록 머물리라.

# 길 위에서

길은 늘 끝이 없었다
저무는 햇살을 등에 지고
한 걸음씩 내딛을 뿐
봄날엔 꽃길을 밟으며 웃었고
여름의 푸른 물결에 가슴이 뛰었으며
가을엔 낙엽 위에서 외로움을 배웠다
겨울의 고요한 밤엔 지난날을 안아주었다

기쁨은 바람처럼 스치고
슬픔은 빗물처럼 스며들어
마음 깊은 곳에 흔적을 남겼다
때로는 길을 잃어 헤매었고
때로는 바람에 기대어 쉬었다
한 번도 멈출 수는 없었다

누군가는 동행이 되어 손을 잡아주었고
누군가는 이별이 되어 뒷모습만 남겼다
그렇게 나의 길은 나를 닮아가고

걸음마다 삶의 이야기가 피어난다
이 길 끝 어딘가에서
내가 나에게 미소 지을 수 있기를
지친 발걸음마저 아름다운 여행이었노라
그렇게 말할 수 있기를.

# 피아노 독주회

마음 속 고요를 깨우는
하얀 손끝의 속삭임
음표는 별빛처럼 흐르며
마음 가장 깊은 곳을 어루만진다
드뷔시 베르가마스크 조곡
베토벤의 비창 소나타
쇼팽의 네 개의 스케르초
음에 스민 기억들
잊혀 진 시간도 건반 위에서 피어나고
고요한 슬픔마저 선율이 되어 춤춘다

그녀의 손길 아래 깨어나는
건반 위의 소리의 향연
마치 잊혀 진 사랑의 편지를 열듯
우리는 음악의 식탁에 앉아
마음의 조각을 나눈다
따스한 음색은 오래된 꿈을 부르고
비 내리던 날의 외로움마저
부드러운 화음으로 감싸 안는다

그의 피아노는 단순한 연주를 넘어
기억을 되살리고 마음을 위로하며
삶의 가장 깊은 곳에 닿는
따스한 만찬을 차려낸다.

# 인생 여행

바람은 머물지 않고 지나가지만
그 결에 실린 햇살은 마음에 남아
오늘을 빛내고 내일을 비추네
단 한번뿐인 길 위의 나그네
돌아갈 수 없는 발자국을 남기며
매 순간을 노래하고 꿈을 피우네
슬픔도 기쁨도 한 폭의 풍경이 되어
시간의 강물 위에 잔잔히 흐르고
그 끝엔 웃음과 사랑이 향기로 남으리
마음껏 웃고 뜨겁게 사랑하리
짧은 여정에서 꽃처럼 피어나
별처럼 빛나며 바람처럼 자유롭게
단 한 번의 인생 여행
머무는 순간마다 영원을 새기며
후회 없도록 오늘도 즐겁게.

# 친구

평생을 함께 걸어온 친구가 있는가
봄날 꽃잎처럼 웃으며 시작한 인연이
여름날 뜨거운 태양 아래도 변치 않고
가을의 노을처럼 깊어지고
겨울의 고요 속에서도
따스함을 나누는 그런 친구
세월이 흘러 서로의 주름진 얼굴을 바라보며
젊은 날의 꿈을 기억하고
묵묵히 곁에서 지켜주던 시간들을 떠올릴 때
가슴 한쪽이 따뜻해지는 벗이 있는가
말이 없어도 마음이 통하고
멀리 있어도 서로를 느낄 수 있는 이
함께 걸을 수 없다 해도
서로의 길 끝에서 손을 흔들어 줄 이
노후에 남는 것은 황금도 명예도 아니요
진정한 벗 하나 노후의 진정한 친구
긴 세월의 골짜기를 함께 넘어온 벗이 있는가

# 철마는 달리고 싶다

녹슨 선로 위에 멈춰 선 시간
기억의 먼지를 털며 철마는 꿈꾼다
한때는 바람을 가르고
심장을 울리던 강철의 몸
이제는 고요한 정적 속에 갇혀
달빛 아래 긴 한숨을 내쉰다
살며시 바람이 속삭인다
너의 심장은 아직 뜨겁다
먼 하늘을 바라보던 철마
기억 저편의 들끓는 기적을 떠 올린다
다시 한 번 궤도를 타고
밤하늘을 찢는 외침으로
그리운 땅을 달리고 싶다
녹슨 바퀴에 불꽃을 피우며
시간을 거슬러 달리고 싶다.

# 봄 필하모닉 오케스트라 드림콘서트

은은한 조명을 타고 흐르는 선율
꽃잎처럼 가볍게 마음에 내려앉는다
현악의 떨림은 새싹이 움트는 순간 같고
관악의 숨결은 봄바람처럼 부드럽다
맑은 선율이 마음을 적시면
타악의 울림은 대지 깊숙이 깨어나는
생명의 맥박에 음에 스며든 꿈들은
긴 겨울을 지나 피어난 꽃처럼 찬란하다
지휘자의 손끝에서 춤추는 시간
소리는 경계를 넘어
마음의 정원으로 스며들고
그곳엔 소망과 설렘이 피어난다
밤하늘에 빛나는 별빛처럼
음악은 가슴에 오래도록 남아
봄날의 꿈을 노래하리라
돌아오는 발길이 가볍다.

# 찻잔 속의 그리움

　잔잔히 피어오르는 차향사이로 잊혀 진 마음이 살며시 깃든다. 따스한 김 사이에 흐르는 그리움은 멀어진 시간의 가장자리에서 조용히 이름을 부른다. 입술 끝에 닿는 쓴 기운 속에도 너의 온기가 숨어 있어 마음은 늘 그때로 되돌아간다. 사라지듯 남는 차 한 모금 그리움은 언제나 이 자리에서 잊히지 못한 채 맴돈다. 한 잔의 차에 담긴 기억은 식어가는 찻물처럼 흐르지만 너를 향한 마음은 여전히 뜨겁다.

　마른 잎처럼 가벼워진 마음 차향에 젖어 다시 피어난다. 네가 머물던 시간의 틈에서 아련히 퍼지는 추억의 온기, 손끝에 스미는 따스함 속에 그리움은 조용히 피어오르고 한 모금에 담긴 오래된 말들이 차갑게 식은 마음을 다시 흔든다. 찻잔 속에는 여전히 너의 향기 기억 저편에서 흐르는 목소리가 오늘도 나를 부드럽게 감싼다. 차가 식을수록 깊어지는 마음 그리움은 마치 차향처럼 사라지지 않고 머문다.

# 경복궁에서

경복궁의 고요한 뜰을 거닐다
시간의 결을 머금은
경회루에 발길이 멈춘다
옥빛 연못 위로 흐르는 바람은
천년의 이야기를 비밀처럼 품고
마음은 고요히 기둥을 어루만진다
겹겹이 쌓인 단청의 빛은
저물녘 노을과 맞닿아
꿈결처럼 아스라이 퍼지고
물결 위로 비친 누각은
현실과 환상이 맞닿는 경계처럼 아득하다
한때 왕들의 숨결이 닿았던 그 자리
지나온 세월도 침묵하며 머물러
오늘의 발자국마저 고요히 감싸 안는다
바람에 흔들리는 옷깃 사이로
시간은 흐르되 멈춘 듯
마음은 저 깊은 연못처럼
그윽한 아름다움에 잠긴다.

# 인생을 사랑하는 사람

젊음은 미래를 바라보며 서두르지만
노년은 지나온 시간을 품에 안고
하나의 낙엽마저 아껴본다
햇살 한 줌에도 눈을 감고
바람 한 자락에도 귀를 기울이며
사소한 것들이 빚어내는 기적을 놓치지 않는다
꽃의 만개보다 진한 향기를 아는 시절
삶의 쓴맛마저 깊은 차처럼 우려내어
달고 쓴 인연의 잔을 천천히 비운다
모든 것이 머무르지 않고
흘러간다는 것을 안다
그래서 하루를 더 오래 붙잡고
눈앞의 순간을 더 깊이 사랑한다
저물녘 노을처럼
길게 타오르며 사라지지 않는 마음
노년만큼 인생을 사랑하는 사람은 없다.

# 광복 80년 아직도 닿지 못한 봄

  광복의 햇살이 처음 비춘 지, 여든 해의 바람이 지나갔
건만. 한 줄기 강물이 벽을 이루어 아직도 두 하늘로 나
뉘었네. 철책 너머로 스며오는 잊을 수 없는 바람의 한숨,
한 뿌리에서 갈라진 나무는 서로를 그리며 떨고 있구나.
봄이면 피어나야 할 꽃들이 차가운 경계에 발 묶였으나,
하늘의 달빛은 하나로 흐르고 마음 깊은 곳에도 하나의
꿈이 있으니, 머지않은 날 언젠가는 끊어진 길 위에 새싹
이 돋고, 긴 이별 끝에 다시 손잡을 날 그 날을 기다리며
바람은 쉼 없이 분다.

  광복 80년의 한은, 긴 밤을 지나 새벽이 온 듯 무거웠
던 어둠은 물러갔으나 흔적처럼 남은 그날의 상처, 바람
끝에도 지워지지 않네. 눈물로 쌓은 바위의 언덕, 가슴
깊이 새긴 이름들, 자유의 노래는 퍼졌건만 그 한 자락
아직도 시리다. 세월은 흘러 강산이 변해도 기억은 늙지
않고 숨 쉰다. 그 날의 아픔 그 날의 희망, 우리의 마음에
여전히 뜨겁다. 80년의 바람은 묻는다. 너희는 얼마나 기
억하는가? 저 뜨거운 외침과 꺼지지 않는 빛, 그 길 위에
다시 새긴다. 모두의 한을.

# 통일은 문학으로

통일의 길 위에 피는 문학의 꽃, 바람은 남과 북의 경계를 넘어 마음 깊이 묻힌 그리움을 흔들고, 산과 강 언젠가 하나였던 땅 위에 통일의 꿈들은 다시 싹을 틔운다. 홍익의 빛 사람을 이롭게 하는 저마다의 가슴에 심어진 오래된 약속, 그 빛 따라 문학의 물결은 흐르고 남과 북 갈라진 언어마저 이으려한다. 코리안 드림 꿈의 씨앗을 품고, 시인은 경계를 지우는 노래를 부르네. 가슴마다 평화를 심고 단절된 시간에도 사랑을 새긴다. 언젠가 그날이 오리라. 분단의 벽이 무너지고 문학으로 잇는 마음들이 한반도에 봄처럼 피어나리라.

홍익정신을 바탕으로 한 자락 바람에도 마음을 담아 이 땅의 고귀한 문학을 잇고자 하네. 낯선 꿈들이 모여 하나의 빛이 되고 잊혀 진 목소리가 다시금 시로 피어나리라. 한 줄의 시어에 깃든 코리언의 향기, 한 편의 글속에 흐르는 민족의 숨결 어제의 발자취를 새기고 내일의 노래를 써 내려가리라. 첫걸음을 내딛는 이 자리, 희망은 잉크 되어 흐르고 꿈은 책장마다 피어나는 꽃이 되어 긴 세월을 넘어 가슴에 닿으리. 코리안 드림의 이름 아래, 우리의 염원 통일을 지향하며 잊지 못할 역사와 함께 새로운 문학의 바람이 불어오리라.

# 통일의 꿈

홍익인간의 빛으로 통일을 그린다
긴 분단의 어둠을 가르며
한 줄기 빛이 문학에서 피어난다
천년의 바람 속에도 꺼지지 않은
홍익인간의 정신이
이 땅의 골짜기마다 스며들어
온 누리를 이롭게 하려는 마음
흩어진 겨레의 가슴을 어루만진다
두 강은 멀리 흘렀으나
결국 바다에서 하나가 되듯
남과 북 갈라진 땅 끝에서
우리는 다시 만나야 하리
피로 맺어진 뿌리 위에
자비와 공존의 나무를 심고
서로의 아픔을 품으며
하나 된 하늘 아래 서야 하리라
분열의 서릿발을 녹이는
그것은 곧 홍익인간의 정신
이 땅을 넘어 세계를 품는 큰 뜻
경계를 허물고 차이를 잇는

크고 넓은 마음으로
하나의 꿈을 향해 가리니
서로를 이롭게 하여 함께 빛나는
그날의 아침은 머지않으리.

# 꽃 마음

누구의 눈에 들지 못해도
비밀스레 피어나는 것은 꽃의 운명
흙 깊숙이 묻은 향기가
아무도 모르게 바람에 스며가듯
눈길 머물지 않아도 괜찮으리라

빛을 찾는 꽃잎은 스스로를 위함이니
가장 깊은 어둠에서도 피는 것은
타인 아닌 마음이 부르는 자리이기에
머물러 주는 눈 없을지라도
꽃은 피어나고야 마는 법
그 섬세한 흔들림 하나로도
보는 이 없는 하늘에 닿으리라

누구의 마음에 닿지 못해도
흙 아래 뿌리처럼 조용히 피어나리라
찬바람에 흔들려도 향기는 감추지 않고
햇살 한 줌에도 온 마음을 열리라
마음 닿지 않아도 상관없으리라

꽃은 오직 꽃답게 피어날 뿐
아름다움은 바라보는 이의 것이 아닌
마음으로 피워내는 것이니
누군가의 마음에 들기 어려워도
흐드러지게 피어나 바람에 실려
언젠가 어느 마음엔가 닿으리라.

# 나의 멘토

당신은 이 땅의 마지막 등불, 삶의 끝자락에도 꺼지지 않는 따스함, 거친 바람이 불어와도 흔들리지 않는 뿌리. 모두가 떠난 자리에 홀로 남아 지키는 이름, 당신의 손길 엔 사라진 날들의 온기가 흐르고, 눈빛엔 끝내 무너지지 않는 기도가 있다. 세상이 무너져도 마지막까지 안아줄 이 땅의 가장 깊은 곳에서 피어난 사랑. 당신은 가족의 든든한 버팀목, 누구도 대신할 수 없는 자리에서 묵묵히 가족을 지켜 세상이 흔들려도 당신만은 끝까지 그 자리를 지킨다. 삶이 고단해도 가족을 위해 자신의 몫을 내려놓지 않는 존재, 기댈 수 있는 집안의 기둥 영원한 안식처, 무너지는 세상 속 마지막 담벼락, 세찬 비에도 스며들지 않는 따뜻한 품.

희미해지는 희망을 끝까지 붙드는 손길, 넘어지는 삶도 곧게 세우는 이름, 가장 깊은 밤에도 꺼지지 않는 등불, 우리가 돌아갈 마지막 집이 되어준 세월이 가도 무너지지 않는 사랑의 성채, 그 끝자락에서 늘 우리를 지킨다. 가족을 지탱하는 마지막 방패, 어려움이 닥쳐와도 끝까지 가족을 위해 싸우는 존재, 삶의 무게에 주저앉을 법도 하지만 자식을 위해 끝내 포기하지 않는 힘, 모두가 등을 돌릴 때도 어머니는 남아 가장 아프고 힘든 순간 마지막까지 우리를 지켜주는 유일한 마지막 보루, 당신을 사랑합니다.

# 제4부

## 사색의 창

# 그림자

세상에 비추어진 내 그림자는
한때는 뜨겁던 태양 아래 길게 뻗었고
청춘의 바람 따라 흔들리며
끝없이 달리던 발자취를 품었지
앞만 보며 걸어온 날들
뒤돌 틈도 없이 스쳐 간 계절들
이제는 저물녘 빛 아래 고요히 서서
백발의 그늘을 드리운다
시간은 나를 깎고 다듬어
이마엔 깊은 골을 새겼지만
그림자는 한결같이 나를 따라
묵묵히 그 자리에 서 있더라
바람에 쓸려간 꿈도
가슴에 묻은 그리움도
모두 그림자 속에 스며들어
지나온 길을 은은히 비추고
이제는 조급함을 내려놓고
저무는 햇살을 오래 바라본다
흔들리지 않는 나의 그림자처럼
남은 길도 조용히 깊이 서 있으리.

# 성벽

거대한 성벽은 늘 단단할 줄 알았다
천년을 버틸 듯 위엄하던 돌들이
한 줌 바람에 흔들릴 줄은 몰랐다
욕망이 덧칠한 금빛 장막아래
진실은 오래도록 갇혀 있었고
침묵은 무거운 밤을 쌓아 올렸다
그러나 바람은 멈추지 않았다
작은 균열에 스며든 민심의 속삭임이
마침내 돌 하나를 무너뜨릴 때
무너진 것은 성벽만이 아니었다
눈먼 믿음과 굳어진 양심
권좌에 깃든 오만마저
깨달음은 늘 폐허에서 피어난다
무너진 자리엔 바람이 자유롭고
어둠이 걷힌 곳에 아침이 온다
권력은 성벽처럼 높을수록 불안하고
진실은 언제나 가장 낮은 곳에서
천천히 반드시 솟아오른다는 것을 알았다.

# 부화뇌동

흔들리는 갈대는
바람이 부는 대로 기울고
소문 따라 몸을 맡기는
너는 어디로 가는가
천의 얼굴을 한 세상은
시시각각 흐름을 바꾸고
깊이 없는 메아리는
사라질 자리조차 잊는다
뿌리 깊은 소나무는
어둠 속에도 굳게 서서
바람에 휘지 않으니
겨울이 와도 푸름을 잃지 않고
스스로의 뿌리로 하늘을 떠받든다
남의 입술에 흔들리지 않고
마음의 뿌리로 길을 삼으라
스치고 가는 소리에 흔들리지 말고
깊이에서 우러나는 진실을 따르라
바람이 가고 나면 끝내 남는 것은
흔들린 몸이 아닌
움켜쥔 신념 하나이리니.

# 상팔자

흰둥이는 그 집의 황제이시다
한 칸짜리 침대를 쓰는 이는 그이고
킹사이즈 쿠션 위에 늘어진 이는 둥이다
입맛 까다로운 둥이를 위해
유기농 사료 수제 간식이 채워지고
그는 라면 한 젓가락에 망설인다
산책 가자 명령은 오로지 둥이의 권한
새벽이든 한밤이든 그는 충실한 신하
비 오는 날은 우비까지 챙겨드리지만
그는 우산도 없이 젖어간다
흰둥이는 본다
의기양양한 눈빛으로
인간이여 충성을 다하라
개 팔자는 상팔자
그의 팔자가 하 팔자.

# 행복

산들바람을 벗 삼아 걸으며
꽃잎의 속삭임에 귀 기울이고
흐르는 강물에 마음을 씻으니
웃음은 햇살처럼 피어난다
한 잔의 차를 나누며
나누는 미소 한 줌
눈빛 속에 온기를 담고
손길 속에 정을 나누니
이 순간이 곧 행복이라

숲의 향기를 숨결로 느끼고
흐르는 구름에 마음을 실어
끝없는 하늘을 우러르니
세상의 존재가 자연과 하나라
고운 꽃잎을 코에 대고
향기를 음미하며
지난 계절의 속삭임을 듣노라면
삶의 아름다움은 영원하니
이 순간을 살아 행복하다.

# 벗

내 벗은 노래하는 바람
가슴 깊은 곳을 간질이는 멜로디
내 벗은 별빛에 젖은 시
고요한 밤 마음을 비추는 달빛
내 벗은 이슬 머금은 꽃
한 조각 향기로 세상을 물들이고
내 벗은 파도 속 귓가에 스미는 속삭임
영원을 꿈꾸는 바다의 노래

내 벗은 저 멀리 흐르는 하늘
끝없이 펼쳐진 자유의 날개
이보다 더 좋은 벗이 있을까?
이보다 더 따스한 행복이 있을까?
내 벗이 곁에 있어
나는 늘 시가 되고
꽃이 되고 노래한다.

# 시인의 행복

사색이 내 곁에 앉아
조용히 차를 따른다
낡은 종이 위에 떨어진
한 줄의 언어가 별빛처럼 떨리면
그 떨림이 누군가의 가슴에 닿아
눈물이 되거나 미소가 될 때
그 순간이 시인의 행복임을
화려한 이름을 바라지 않는다

나를 부르는 이의 입술에서
빛나는 칭송이 흘러나오지 않아도
마음은 이미 충분히 충만하다
한낮의 소란 속에서도
바람의 낮은 숨결을 듣는다
이름 없는 풀꽃 하나에 깃든
세상의 깊은 비밀을 들여다보며
그 속에서 시의 첫 문장을 얻는다

어둠은 나를 두렵게 하지 않는다
오히려 내 안의 등불이 되어

더 멀리 더 깊은 곳을 비춘다
홀로 걸어가는 길 위에서
별빛과 대화를 나누고
낙엽의 가벼운 추락에서도
생의 울음을 발견한다

한 장의 종이 위에
덜컥 내려앉은 언어가
나의 숨결을 닮아 빛나고
그 언어가 타인의 가슴에 닿아
눈물로 혹은 따스한 웃음으로 번져갈 때
나는 비로소 알게 된다
시인의 행복이란
세상과 나 사이의 보이지 않는 다리 위에서
작은 떨림을 건네는 순간임을.

# 단동십훈 丹童十訓

붉은 마음은 아이처럼 맑고
열 가지 길 위에 새기네
한 훈은 욕심을 씻는 바람이요
두 훈은 말의 꽃을 고운 빛으로 피우며
세 훈은 사람을 품는 강물이라
네 훈은 새벽빛처럼 성실하고
다섯 훈은 어둠 속 등불처럼 곧으며
여섯 훈은 나무의 뿌리처럼 겸손하고
일곱 훈은 작은 풀잎처럼 감사하며
여덟 훈은 별빛처럼 자비롭고
아홉 훈은 바다처럼 넓게 이해하며
열 훈은 모든 길을 사랑으로 감싸는 것
세월이 흘러도
이 가르침은 어린 날의 심장처럼
붉게 뛰고 맑게 빛나리.

# 광복의 빛

그날 하늘은 오랜 울음을 거두고
강산은 숨죽인 노래를 터뜨렸네
쇠사슬 같은 어둠 속에서
한 알의 불씨처럼 살아남은
민족의 강인한 혼은 칼보다 강하고
쇠보다 오래 견디는 것
광복은 잃었던 하늘빛을 되찾아
묶였던 발걸음이 다시 길을 걷는 일
잊힌 이름들이 바람 속에서
다시 불려지는 기적이었다.
감회로 맞는 오늘
여든 해의 강물을 건너온 우리는
그날의 빛을 손에 쥐고 서 있다
찬란한 빛은 과거의 눈물이 만든 별빛이자
미래의 꿈나무들이 걸어갈
희망의 길을 비추는 등불
광복은 끝난 역사가 아니다
지켜내야 할 숨결이다
우리가 역사를 잊지 않을 때
해방의 자유는 여전히 새벽처럼 온다.

# 설렘

삶에 설렘이 없다면 하루는 무채색으로 번지고, 계절은 제 빛을 잃겠지. 눈부신 아침 햇살도 그저 밝기만 한 빛일 뿐, 심장이 뛰지 않는다면 사는 것이 아니라. 버티는 것일 테니까. 산다는 것은 설렘이야, 내일이 궁금하고 작은 꽃봉오리 하나에도 가슴이 쩡하고, 누군가의 목소리에 미소가 번지는 그런 설렘, 그 설렘이 있기에 오늘도 살아 있는 것이다. 햇살이 결을 바꾸는 날, 바람이 계절의 향기를 실어올 때 마음은 조용히 떨린다. 피어나는 첫 꽃망울처럼 봄이 다가오는 소리에 가슴은 저도 모르게 벅차오른다.

봄비가 창을 두드릴 때, 그리움도 함께 스며들고, 초록 바람이 나뭇잎을 스치면 사라진 기억들이 노래가 된다. 누군가를 기다리는 마음처럼 조용히 그러나 깊게 찾아온다. 처음 꽃망울이 터지기 전, 살며시 스치는 바람에도 마음이 물결치듯, 너를 기다리는 이 순간이 내 안의 작은 봄을 일깨운다. 심장의 문틈마다 계절이 스며 매 순간이 시작처럼 떨린다. 오랜 기다림 끝에 다가온 빛처럼 가슴

가득 차오르는 이 감정은 기적 앞에 선 아이처럼 맑고도 깊다. 숨조차 쉬기 아까운 찰나, 세상이 아름다워지는 이유가 바로 너라는 사실 하나만으로 충분하다.

# 소중한 인연

인생길 가는 길에 만나는 따뜻한 인연들
겨울 끝자락에 피어나는 매화 송이 같구나
차가운 바람 속에서도 묵묵히 피어 있는 마음
스치듯 지나쳐도 오래도록 향기로 남는다
길 위의 외로움이 깊어질 때
전하는 따스한 말 한마디가
마음 속 작은 등불이 되어 긴 여정을 비춘다.
인생길은 바람 부는 먼 길
수많은 스침 속에
비 오는 날엔 우산이 되어주고
햇살 아래선 그늘이 되어준 조용한 다정함이
마음 깊은 곳을 물들인다
소중한 인연이란
말보다 마음을 아끼는 것
함께 울고 웃으며 시간을 친구 삼는 것
인연이 있어 삶이 외롭지 않았고
멀리서 불어오는 바람 끝에도
따뜻한 온기가 남아 있어
이 길을 걸을 용기를 낸다

# 희수에 부쳐온 글

세월이 흐르고 흘러
꽃잎처럼 고운 삶의 결이 쌓여
오늘, 일흔일곱 번의 봄을 건너 왔습니다.
당신의 웃음은 강처럼 깊고
당신의 걸음은 숲처럼 너그러웠으며
당신의 마음은 별처럼 다정했습니다.
수많은 하루를 품어
이제는 기쁨도 눈물도
모두 빛나는 보석이 되어
당신을 더욱 빛나게 합니다.
오늘, 희수 기쁨의 나이를 맞이하며
당신이 살아낸 모든 날들이
이 세상에 조용히 내려앉은
가장 아름다운 선물임을 압니다
고맙습니다. 그리고 축하드립니다
당신의 모든 시간에
당신의 모든 날들이 꽃이 되어
오늘 희수의 정원에 피어났습니다.
긴 세월을 품은 당신께
깊은 존경과 따뜻한 축복을 드립니다.
사랑합니다. 그리고 고맙습니다.

# 희수喜壽

희수를 맞아 돌아보니 인생은 한 편의 시였다. 꿈이 부
풀었던 유년 시절엔 설렘과 망설임이 겹쳐져 있었고, 청
춘은 격정의 은유로 뜨겁고 눈부신 순간들을 노래했으
며, 중년은 은은한 운율로 수확과 깊은 사색을 담아냈고,
황혼은 조용한 여운으로 지난 시간을 품고 따뜻한 침묵
을 지닌다. 희수의 이 시점에 내 인생의 시의 마지막 연을
써 내려가며, 지금껏 걸어온 모든 행과 운율을 감사와 회
한으로 천천히 읽어 내려본다. 한 편의 시였기에 기쁨도
슬픔도 아름다웠고, 끝이 다가올수록 더 깊어지는 의미
가 있다. 오늘도 열정으로 푸른 시를 쓰며 인생의 아름다
운 교향곡을 연주한다.

오늘 희수를 맞이하니 세월이 마치 저문 노을처럼 깊
고도 아련하다. 봄날, 연둣빛 꿈을 품던 시절이 엊그제 같
은데, 어느덧 황금빛 들녘을 지나 낙엽이 바람에 흩날릴
때라. 세월의 손길이 이마에 주름을 새겼어도 자국마다
추억이 스며있어 애틋하다. 떠나간 벗들의 목소리는 저녁
노을처럼 곱고 세상에서 함께한 날들의 따스함은 깊어가

는 찻잔 속 향기 같다. 이제는 서두르지 않으리라. 흐르는 강물처럼 낙엽을 품은 바람처럼 조용히 흐르며 남은 날들을 음미하리라. 이쯤에서 돌아보니 인생은 모든 것이 선물이었다.

# 인생의 꽃

평생 사는 동안
한 번은 멋지게 피우리라
비에 젖어도 괜찮고
바람에 흔들려도 괜찮아
나인 것을 잊지 않고
나답게 피어나는 것
화려하지 않아도 좋아
조용히 천천히 내 삶의 중심에서
진심을 다해 피우리라
한 번뿐인 봄날을 위해
마음 깊숙이 씨앗을 심어
바람에 꺾이지 않으려
눈물로 흙을 다지고
햇살 한 줌에도 고마워하며
조심스레 잎을 틔워
때로는 비바람에 주저앉아도 일어나
가장 빛나는 순간을 위해
온 마음을 다해 피어나
이름 없는 들꽃이어도 좋아
단 한 번 내 인생의 꽃을
가장 아름답게 피우리라.

# 사색의 창

내 면속 가슴으로 넘치는 배려로
속마음까지 보듬어 주는 진실함으로
가벼움으로 경솔함을 보이기보다는
믿을 수 있는 묵직함으로
허물도 덮어줄 수 있는 아량이 되어
자연의 순리 쫓아 희망을 주고
세월이 흘러도 행복한 인연이라고 말할 수 있는
소중함으로 마음으로 기댈 수 있는 어깨가 되고
아름다운 인연 가슴 열어
손 잡아줄 수 있는 따뜻함 품어
진실을 보여주는 투명함으로
세월이 흘러도 나를 둘러싼 것들은
주름진 세월 속에 가버렸어도
젊은 날의 뜨거운 열정으로
내 안에 남은 작은 불꽃을 찾고자
성찰의 시간으로 현실을 숙성한다.

# 부여 백제 왕도의 빛과 향기

훌륭한 문화유산을 향유하고 있는
충절의 고장 천년 고도를 자랑하는
천 년 역사가 숨 쉬는 백제의 옛 고도 부여
세월의 흐름 속에서도 빛을 발하는
화려한 역사 문화가 있는
아름답고 향기로운 문화가 가득한 부여!
문학의 대가를 탄생시킨 문학의 전통이 살아있는
신령한 빛과 성스러운 밝음을 머금은 명문 부여!
백제의 숨결이 살아 숨 쉬는
찬란한 역사와 문화의 고장 부여에서
열린 문학인의 대향연
한국문인협회 제42차 전국 대표자대회
한국문학의 발전을 도모하는 대회에서
역사를 배우며 알찬 일정이 되었다
단풍이 절정을 이루어
꽃보다 더 고운 아름다운 가을날에.

# 백년 여행

인생은 백년의 여행, 돌아보면 회한, 머무르면 그리움, 아쉬운 미련만 서성이네. 봄꽃 피던 길목엔 이름 모를 발자국만 남고 여름 햇살 속엔 말없이 웃던 얼굴이 스쳐간다. 가을이 오면 낙엽처럼 추억이 내려앉고 겨울의 들판엔 지나온 시간들이 눈송이 되어 쌓인다. 묻지도 못한 말들, 건네지 못한 손길들, 그리움으로 다 젖어드는 백년의 나그네길, 오늘도 고향 생각 내 마음에 고요히 머물며 또 그리움 한 줌이 쌓인다. 뒤돌아보면 모든 순간이 마지막인 듯 소중하고 아련하더라.

어릴 적 마당의 매화나무, 어머니의 낮은 숨결, 그 속삭임들은 시간의 먼지 속에 빛나고 벗들의 웃음은 먼 하늘의 별처럼 지금도 밤마다 마음에 떠오른다. 잊으려 할수록 선명해지는 이 그리움은 무엇인가? 아마도 사랑했던 날들의 긴 그림자이리라. 이 길의 끝은 어딜까? 먼저 떠난 저편일까? 아니면 아직 다다르지 못한 마음의 언덕일까? 세월이 흘러도 잊히지 않는 이름들, 가슴 깊이 묵은 찻잎처럼 향을 남긴다. 찻잔에 어리는 달빛처럼 사색의 창에 늘 조용히 와서 내 고요한 시간을 가만히 흔들고 간다.

# 비움의 강가에서

　나이 들면 세상 욕심은 조용히 물러간다. 한때는 쥐고 싶어 두 주먹 불끈 쥐었으나 이제는 흐르는 물처럼 놓아주는 법을 배운다. 강물 곁에 앉아 작은 돌 하나 들여다보면 욕심도 미움도, 그 안에 비친 하늘만큼이나 덧없음을 안다.

　비우니 작은 풀잎에도 마음 머물고 지나가는 바람에도 고맙다는 말을 배우게 된다. 나이 든다는 건 조금씩 가벼워지는 일, 마침내 스스로를 강물에 띄우는 일, 깊은 강가에 저물녘 햇살이 조용히 내려앉을 때면, 마음속 불빛도 자리를 잡는다.

　젊은 날엔 모든 것이 크고 모든 말이 끝내야 할 진심 같았지만, 침묵이 더 많은 것을 말해준다는 걸 안다. 소중한 것은 소리 내지 않고 사랑도 우정도 곁에 머문다. 오래 지켜낸 나 자신도 강물은 묻지 않는다. 왜 그렇게 아팠느냐고 왜 그렇게 버텼느냐고, 다만 품어줄 뿐 있는 그대로 있는 시간만큼, 비움은 잃음이 아니라 더 깊이 채워지는 일이라는 걸 이제야 조금씩 안다.

# 제5부

## 고요한 봄은 늦게 온다

# 광복 80주년

- 코리안드림 한강 대축제


한강 위로 코리안드림의 깃발이 펄럭인다
강물은 오래전 눈물과 희망을 함께 흘려보낸 듯
오늘은 자유의 빛을 반짝이며 흐르고
행사에 모인 사람들의 웃음 속에
해방의 아침이 다시 피어난
하늘에 띄운 드론 축제
하늘 가득 터지는 불꽃은
80년 전의 첫 숨처럼 벅차고
강 위에 비친 빛들은
미래를 향해 건너가는 다리가 된다

역사와 꿈 내일을 품은
거대한 심장처럼 뛰고 있었다
한강의 기적을 넘어
한반도 통일의 기적으로
뚝섬 한강에 모인 많은 인파
감동의 물결이 출렁인다.

# 아름다운 동행

국회의원 회관의 정제된 마당에
문화와 예술이 손을 맞잡고 서 있네
이름하여 문화예술 아름다운 동행
서로의 빛을 비추며
한 사람의 낭송이 만 사람의 마음을 울리고
한 편의 시가 천 개의 사유를 일으킨다
이곳은 권력의 집무실이 아니라
시와 선율이 머무는 큰 뜨락
사람과 사람 예술과 삶이
한 줄기 강물처럼 어깨를 기대는 자리
오늘의 축제는 선언처럼 말한다
진정한 동행이란
서로의 차이를 존중하며
아름다움을 나누는 것
국회의 담장을 넘어
우리 삶의 구석구석까지 번져가길
이 아름다운 동행 페스티벌의 불빛이
가을 하늘의 별처럼 오래도록 빛나기를.

# 계노언戒怒言

분노는 불과 같아
한순간에 숲을 삼키고
마침내는 스스로를 태운다
성내는 마음은
거울 위의 먼지와 같아
한 겹 쌓이면 빛을 잃고
쌓이고 또 쌓이면
그 속의 참 얼굴조차 보지 못한다
분노를 멀리하는 것은
억누름이 아니라 깊은 자유다
노여움을 삼킨 자의 침묵 속에는
바람처럼 고요한 힘이 있고
입술에서 흘러나오는 말은
맑은 샘물처럼 남의 목을 적시고
스스로의 가슴을 씻는다
참된 강함은 분노의 칼끝에 있지 않고
분노를 다스리는 연못 같은 고요 속에 있다.

# 지족상낙 知足常樂

스스로의 그릇을 알아 차고
더 큰 강을 바라지 않는 물처럼
한 모금의 샘물 속에서 하늘을 비추는 지혜
채워지지 못함을 탄식하는 이는 끝없이 메마르나
비워진 자리에 작은 빛 하나만으로도 웃는 이는
온 세상을 이미 품고 있네

알맞음을 아는 자는 결핍 속에서도 충만하고
끝없는 바람 속에서도 고요를 얻는다
욕망은 발자취처럼 사라지나
만족은 뿌리처럼 남아
삶을 지탱하는 힘이 된다
지족은 작은 기쁨이 아니라
우주와 화합하는 큰 낙樂이다.

# 국립고궁박물관

국립고궁박물관은
시간이 숨 쉬는 정원 같아
왕들의 발자취는 돌바닥에 스며들고
조용히 잠든 유물들은
옛 궁궐의 속삭임을 안고 있다

그곳에 서면
역사는 먼 옛날이야기가 아니라
지금 이 순간에도
고요히 흐르는 강물이 되어
우리 가슴에 닿는다

은은한 불빛 아래 반짝이는 옥과 금
정교한 자수와 빛바랜 서책들은
사라진 제국의 그림자가 아니라
아직도 살아 숨 쉬는 영혼의 언어

그곳은 단순히
유물을 모은 집이 아니라
왕조의 기억이 꽃피는 정원

시간의 향기를 머금은
궁궐의 또 다른 얼굴이다.

# 고요한 봄은 늦게 온다

사람들은 봄을 기다리지만
삶은 가을을 지나 겨울을 품은 뒤에야
진짜 봄이 무엇인지 말해주곤 한다

젊음의 봄은 눈부시지만
노년의 봄은 고요하다
더 이상 부러울 것도
다급할 것도 없을 때
비로소 마음 깊은 곳에
조용히 한 송이 꽃이 핀다

그 꽃은 외롭지 않다
세월과 눈물과 기쁨과 이별을 다 품고
침묵처럼 피어나는 꽃이다
그 향은 멀리 가지 않아도 된다
곁에 있는 사람 하나
마음에 스며들면 그만이니까.

# 나이 듦은 빛이다

젊을 땐
빛을 쫓아 달렸지만
지금은 안다
내가 빛을 품고 있다는 걸
주름진 이마 아래
세월의 등불 하나
말없이 켜진다
이제는 느리게 걷고
조용히 듣고
깊이 웃는다
나이 듦은 어둠이 아니라
속에서 천천히 밝아오는
하루의 마지막 햇살이다

# 나뭇잎은 떠나지 않는다

떨어진다 하여
모든 게 끝나는 건 아니다
나뭇잎은 가지에서 떠나도
기억 속에선
끝내 떠나지 않는다

젖은 나뭇잎 하나
걸음에 밟혀도
그 안엔 지난 계절의 빛이
아직 남아 있다

삶도 그러하다
사라진 듯 보여도
정든 사람이 내 안에 남아
끝없이 속삭인다
나는 여기 있다고
이 조용한 빗속 어딘가에…

# 침묵에도 꽃이 핀다

많은 것을 말하지 않게 되었다
굳이 설명하지 않아도 되는 나이가 되면
삶은 말보다 존재로 깊어진다
어떤 날은
말 한 마디 없이 마주 앉은 차 한 잔이
오히려 더 많은 것을 전한다
침묵은 비워진 자리가 아니라
채워진 마음의 모양이다
고요히 웃어주던 눈빛
아무 말 없이 잡아주던 손
그런 순간들이
가장 빛나는 꽃이 되었다
침묵이 길어질수록
마음은 환해지고
침묵 속에 핀 꽃은 소리 없이
가장 깊은 향기를 남긴다

# 세월의 강 위에 서서

새벽의 봄 이름도 없던 날들, 처음 세상에 눈을 뜬 날, 나는 이름 없는 흙과 같았다. 바람은 내게 첫 숨을 주었고 엄마의 품은 가장 따뜻한 언덕이었다. 들판에는 민들레가 흩날렸고 봄비는 자장가처럼 땅을 적셨다. 가난도 두려움도 모른 채 작은 개울 하나만으로도 우주는 충분했다. 나는 그때 몰랐다. 앞으로 내 삶이 몇 번이나 무너지고 몇 번이나 다시 피어날지, 한낮의 여름 불타는 날개 청춘이 왔다. 피는 뜨겁고 하늘은 높았다. 가슴은 늘 저 너머를 향해 뛰었고 두 손엔 잡을 수 없는 꿈들이 넘쳤다.

나는 달렸다. 배고픔도 비바람도 넘어져 생긴 상처도 아프지 않았다. 가족을 품고 세상을 유영했다. 전쟁 같은 세월 속에서 나는 스스로의 강을 건넜다. 한강의 물결처럼 쉼 없이 흐르는 세월 속에서 나는 단단해졌지만 때로는 모르게 부서져 갔다. 저녁의 가을 돌아보는 길목 세월은 어느새, 내 머리 위에 황혼을 얹었다. 아이들은 자라 떠났고, 내 이름을 부르던 이들은 하나둘 사라졌다. 가을 바람이 불어오면 나는 걸음을 멈추고 귀 기울인다.

먼 길을 걸어온 발자국마다 웃음과 눈물이 번갈아 묻어 있다. 뒤돌아보니 내 삶 꽃과 가시가 함께 핀 들판이었다. 사랑했던 얼굴들이 떠오르고 내가 놓쳤던 손길들이 저물녘 노을 속에 번진다. 회한은 있으나 미움은 없다. 세월은 모든 것을 바람처럼 씻어주었다. 깊은 겨울 고요한 강가에서 겨울이 오면 모든 강은 얼어붙는다. 하지만 얼음 아래로 아직도 강물은 흐른다.

내 몸은 느려지고 숨은 잔잔해졌지만 마음은 더 깊어졌다. 눈송이가 내 손에 내려앉을 때, 이것이 마지막 겨울일지라도 새 봄을 부르는 숨결이라는 것을, 나는 더 이상 바람을 두려워하지 않는다. 이제 바람은 나를 먼 하늘로 데려다줄 벗이니까, 끝에서 피는 빛, 산전수전 다 겪은 내 삶을 묻는 이가 있다. 삶이 무엇이었습니까? 나는 오래된 미소로 답한다. 눈물과 햇살이 번갈아 흐른 강물 같았다. 꽃이 지고 낙엽이 쌓여도 봄은 반드시 돌아왔다. 그리고 마지막 겨울 그 길 위에 별빛이 내렸다. 별빛은 조용히 내 눈을 적시고 나는 마침내 안다. 삶은 나를 시험한 것이 아니라 나를 사랑한 것이었다는 걸, 이제 나는 세월의 강 위에 서서 다시 걸음을 뗀다. 눈부신 저편으로...

# 황혼

저녁노을은
하루의 끝에서 피어나는
마지막 빛의 숨결
뜨겁게 달려온 태양도
이제는 서두름을 내려놓고
하늘에 붉은 마음을 남기며
조용히 기울어 간다
그 붉음 속엔
젊음의 열정이 식어가는 아쉬움도
수많은 만남과 이별을 품은 따스함도
고요히 스며 있다
우리의 인생도 그렇지
한낮의 눈부신 시간들이 지나
비로소 저녁 빛처럼 깊어질 때
비로소 알게 된다
빛은 사라지는 것이 아니라
다음 세상의 새벽을 위해
하늘 끝에 잠시 머문다는 것을.